这本书属于
第＿＿号怪怪特工

....

图书在版编目（CIP）数据

疯狂的舞会 /（瑞典）马丁·维德马克著；（瑞典）克里斯蒂娜·阿尔夫奈绘；徐昕译. -- 北京：中信出版社，2024.8. --（怪怪特工队）. -- ISBN 978-7-5217-6762-9

Ⅰ. I532.84

中国国家版本馆 CIP 数据核字第 2024W6W827 号

NELLY RAPP OCH VAMPYRERNAS BAL (NELLY RAPP AND THE VAMPIRES' BALL):
Copyright © 2013 by Martin Widmark
Illustrations copyright © 2013 by Christina Alvner
Published by agreement with Salomonsson Agency, through The Grayhawk Agency.
Simplified Chinese translation copyright © 2024 by CITIC Press Corporation
ALL RIGHTS RESERVED

本书仅限中国大陆地区发行销售

疯狂的舞会
（怪怪特工队）

著　者：[瑞典] 马丁·维德马克
绘　者：[瑞典] 克里斯蒂娜·阿尔夫奈
译　者：徐昕
出版发行：中信出版集团股份有限公司
　　　　　（北京市朝阳区东三环北路 27 号嘉铭中心　邮编　100020）
承　印　者：北京联兴盛业印刷股份有限公司

开　　本：880mm×1230mm　1/32　　印　张：$3\frac{3}{8}$　　字　数：86 千字
版　　次：2024 年 8 月第 1 版　　　　　印　次：2024 年 8 月第 1 次印刷
京权图字：01-2024-3615
书　　号：ISBN 978-7-5217-6762-9
定　　价：82.00 元（全 6 册）

版权所有·侵权必究
如有印刷、装订问题，本公司负责调换。
服务热线：400-600-8099
投稿邮箱：author@citicpub.com

>>>> 另一种真相 <<<<

怪怪特工队

疯狂的舞会

[瑞典] 马丁·维德马克 著 [瑞典] 克里斯蒂娜·阿尔夫夫奈 绘 徐昕 译

中信出版集团 | 北京

你了解"怪怪特工"吗?就是跟鬼和怪物做斗争的人。

哈哈哈哈!你笑了。这是什么荒唐故事啊!世界上根本就没有怪物,至于鬼——只有幼儿园小孩才信呢!

我知道你会这么说,因为以前我也是这么认为的——可那是以前。

而现在我不这么认为了——我知道,他们的确存在。

嘘！在这本书里，你将跟着我去参加一场吸血鬼的聚会。你会遇到下面这些人。

瓦乐

汉尼拨伯伯

艾琳娜·帕帕丹

拉乌夫·莫林

塔蒂亚娜

冯·列夫弗莱舍伯爵

第一章
来自神秘人士的问候

"奈丽,挺胸、收腹、抬起下巴!"

我按照指令做着,努力跟上音乐的节奏。

"这次好一些了!"

瓦乐冲我做了一个鬼脸。我们正在塔蒂亚娜的舞蹈学校上课。

钢琴前面坐着拉尔松,一个留着八字须、头发梳得黑亮光洁的男人。他正闭着眼睛,弹奏着一首探戈舞曲。在他旁边站着一位舞者,正随着音乐的节奏在挥舞手臂——她就是塔蒂亚娜。

"来……一、二、三、四！"她数着拍子，一脸严肃地看着在舞池里跳动的我们。

疯狂的舞会

"跟上,奈丽!"瓦乐小声说,"我们能行的!"

"注意音乐,"塔蒂亚娜大喊道,手臂摆动的幅度更大了,"想象你们来到了温暖的国度,身处晴朗的星空下。来……一、二、三、四!"

我吐了口气,再次加快了脚下的舞步。

瓦乐和我近来成了非常好的朋友,我们几乎每天都会带着我们的狗去散步。伦敦可喜欢这样了,瓦乐的狗艾巴也同样很开心。

这会儿,伦敦和艾巴被系在舞蹈学校的门外,也许正坐在那里瞪着街上过往的路人呢。

"好的,奈丽,"塔蒂亚娜大喊道,"很好!现在你找到北了!"

"找到北?"我嘀咕道,"我又不是在识图越野跑,我这是在跳探戈!"

瓦乐笑了起来,将我的身体转了个圈。突然,

我感觉我们真的舞动起来了!哇,好美妙啊!也许这很难用语言来形容,我俩仿佛与音乐融为一体了。钢琴前的拉尔松弹奏得越来越起劲儿,瓦乐和我在光滑的地板上不停地移动脚步。我们转圈、后退,舞动的同时却不会撞到舞池里其他的人。

"好棒啊!"我朝瓦乐笑了笑,说道。

"我就说我们行的。"他说。

音乐停了下来,瓦乐和我躬身互相道谢。这时,我突然感觉到有人在拍我的肩膀。我吃惊地转过身去。

一个戴着镜片很厚的眼镜、鼻子通红的男人站在我身后。我看了看瓦乐,他也正疑惑地看着我。

"我能请你跳支舞吗?"那男人用法语**吞吞吐吐**地问道。

"哦,哦,"我报以微微一笑,"当然可以!"

这个红鼻子的男人扶住我的背,当音乐响起的时候,我们开始跳舞。我们跳了好一会儿彼此都没有说话。然而当我们来到舞池外围的时候,

7

这个男人凑过身来，向我介绍他自己。

"我是4号特工。"他小声说道。

我吓了一跳，忘了脚下的步子。我随即明白过来，跟我跳舞的这个男人是怪怪特工学院派来的。

他想让我做什么呢？我心想。

"继续跳舞，别表现出异样。"4号特工小声说。

我集中精力，重新找准了舞步。我的搭档继续在我耳边小声说："在你回家之前，请去检查一下舞厅的防火箱，那里有来自神秘人士的问候，你懂的。"

音乐停了下来，我行了屈膝礼，感谢他与我共舞。4号特工悄然离开了舞池。

舞蹈课结束后，我没有马上回家，而是留了下来。

疯狂的舞会

"你去牵狗,"我对瓦乐说,"我先去上个厕所,马上就来。"

我披上外套,溜进了厕所。我特意在里面待了一会儿,接着按下冲水按钮,然后**小心翼翼**地打开了通往舞厅的门。此时舞厅里已经空无一人。

一盏路灯照了进来,照在空荡荡的地板上。我偷偷地走到固定在墙上的一个柜子前,柜窗上写着"消防水带"。

我小心翼翼地打开柜子。没错,水带下面放着一个小包裹,体积比块装的黄油大不了多少。

我迅速地把包裹塞到外套里面,然后离开舞厅,去跟瓦乐、艾巴和伦敦会合。

第二章
总统大选

　　瓦乐和我牵着各自的狗,在城市中步行。

　　这会儿是九月,天气温暖舒适。我在想我刚刚找到的那个小包裹里会有什么东西。我小心翼翼地捏了捏藏在外套里的包裹。我当然知道这是谁寄给我的,但不知道里面究竟是什么。

　　"呃,你怎么看?"瓦乐问。

　　他的问话把我从思绪中拉了出来。

　　"你是说,那个……"我正要回答,突然意识到说漏嘴了,赶紧收住。

 疯狂的舞会

瓦乐对我的怪怪特工生涯**一无所知**,此刻他正疑惑地看着我,问:"你觉得跳探戈很好玩儿吧?"

怪怪特工队

"是的,"我说,"很有趣。"

我们决定以后继续去塔蒂亚娜舞蹈学校学习。随后我们互道再见,我和伦敦进了家门。

我在门厅里脱掉外套,悄悄地进了自己的房间。爸爸和妈妈正在餐厅里一边打牌,一边听着广播。

伦敦跳到了我的床上,把头枕在爪子上。它好奇地盯着我,看我打开了那个小包裹。

"是列娜-斯列娃寄来的。"我小声对伦敦说。

包裹里有一封信和一个盒子,我立即打开了盒子。一开始我看不出那是什么——圆圆的小饼干,有不同的颜色,还有几支毛刷子——不过很快我就明白了,是胭脂粉!盒盖上还有一面镜子。

"可是我要这些化妆品干什么呢?"我冲着我的狗小声嘀咕。

可这会儿,伦敦已经闭上眼睛,还打起了呼噜。

我仔细研究这个盒子,发现它有两层。当我拿出那些胭脂粉之后,被吓了一跳——在下面的暗格中,有几颗尖利的牙齿!

我小心翼翼地戳了戳那些牙齿,它们是塑料做的。

我展开那封信,读了起来。

亲爱的奈丽:

抱歉我用这种方式向你委派这个任务,可是情况非常紧急,你懂的。

我希望4号特工没有踩到你的脚[1],他在跳舞这方面可不是什么行家。

事情是这样的:

多年以来对于咱们怪怪特工来说最重要的一个事件——吸血鬼们的总统大选马上就要举行了!

全世界所有的吸血鬼,每七年都会聚集一次,选举一位新的总统。我们刚刚查明,这次大选将在爱沙尼亚的一座城堡里举行。

---

[1] 在瑞典语中,"踩到××的脚"是一种双关的说法,引申义为打扰到某人的生活。——译者注

疯狂的舞会

所以，348个吸血鬼，以及你——奈丽，明天夜里将乘船穿过波罗的海去到对岸的爱沙尼亚。

目前总统大选有两位候选人：

1. 艾琳娜·帕帕丹——一个年轻的希腊吸血鬼，大约300岁。艾琳娜主张为所有吸血鬼提供免费的血，希望吸血鬼们能接管整个世界。艾琳娜的性情非常可怕，有着极为强硬的意志。

2. 拉乌夫·莫林——来自瑞典哥得兰岛的一位性情平和的老吸血鬼，大约600岁。拉乌夫希望吸

血鬼们继续待在阴暗处，所有事情都继续维持原来的样子。

你知道的，奈丽，我们怪怪特工学院的人绝对不希望艾琳娜成为总统。我们认为这意味着整个世界将变成一个非常、非常可怕的地方。

所以现在我们请你坐船去参加爱沙尼亚的吸血鬼会议，**竭尽全力**让拉乌夫当选总统。

盒子里有胭脂粉和假牙，你会用得上的。

明天傍晚会有两辆卡车停在码头，你跳上第一辆卡车的货斗，接下去一切都安排好了。

祝你好运，奈丽，注意安全！

你在怪怪特工学院的老师

列娜－斯列娃

第三章
走开！这是我的地盘！

第二天早上，我抓紧时间进了趟城。我买了四米长的黑色布料，然后立刻回家。

爸爸和妈妈上班去了，所以我可以在餐厅里不受打扰地工作。

怪怪特工队

我搬出缝纫机,几个小时之后,我的吸血鬼长袍做好了!我把它披到肩上,在镜子里欣赏自己。我对自己很满意,随后我在脑子里过了一遍我所了解的关于吸血鬼的知识:

吸血鬼:

- 以吸血为生;
- 无法忍受太阳光,肤色极为苍白;
- 是独行侠——喜欢独自生活;
- 在镜子里照不出影子;
- 散发着强烈的气味;
- 吸血鬼走过时,花会枯萎,牛奶会变酸。

窗外,天色开始暗了下来,我看了看表,知道该出发了。我给爸爸妈妈写了一张字条,告诉

疯狂的舞会

他们我要去汉尼拔伯伯那里待几天。

爸爸妈妈知道我很喜欢去汉尼拔伯伯乡下的那栋大房子,所以他们不会担心我。随后我抚摸了一下伦敦,拿起我的包出门了。

码头上,一艘船停在岸边,它的每扇小圆窗户里都透着亮光。

小汽车和大客车排起了长长的队伍,一辆辆地开到船上。

随处可见的是**兴高采烈**的人们,晚上船上有舞会,很多人肯定打算玩个通宵。我心想,要是他们知道自己将要跟几百个饥渴的吸血鬼一起旅行,该会如何反应!

我四下看了看,发现有两辆卡车停在远处的一个围栏旁边。

我小心翼翼地穿过港区,走到卡车那里。

我在一个集装箱后面停了下来,拿出带在身上的胭脂粉,行动了起来。我把自己的脸抹得惨白,在眼睛周围涂上一圈深红的颜色。还好盒盖上有面镜子,不然的话我都不知道会把自己抹成什么鬼样子!

接着我安好假牙，披上那件黑色的吸血鬼长袍。当我看到镜子里的自己时吓了一跳——真是好恐怖啊！

我竖起长袍的领子，看了看四周，接着迅速来到第一辆卡车面前。驾驶室里坐着一个秃顶的男人，留着长长的八字须。

我愣住了！

我觉得我认得他，他看起来很像……没错，肯定就是……

坐在方向盘后面的这个男人冲我眨了眨眼睛。是的，他就是汉尼拔伯伯！

我也迅速地冲他眨了眨眼睛，在右边眉毛的上方挠了挠，这是怪怪特工们表示明白了的手势。

随后我沿着卡车的一侧往前走，看到车篷上有一处地方开了个口子，我走过去，掀起篷布的

一角，爬上了货斗。

货斗里散发着一股刺鼻的气味，就像是进了宠物店一样。我怀疑自己是不是来对了地方。

怪怪特工队

过了几秒钟,我的眼睛才适应了这昏暗的光线。我听见周围有神秘的窸窸窣窣的声音。

这时从四处飘过来好多穿着黑衣的身影,他们走路的时候几乎没有声音。他们用鼻子嗅着,就像见了什么东西都会凑上去闻一闻的狗一样。那些奇怪的声音自然就是从他们的鼻子里发出来的。

突然一个女人呵斥道:"走开!这是我的地盘!"

她的声音听起来非常生气,让人很不舒服。那些窸窸窣窣的声音安静了下来,其他的吸血鬼都屏住了呼吸。

我正疑惑这个愤怒的女人会是谁。当我朝她看去的时候,我立刻就认出来,她是艾琳娜·帕帕丹!那个来自希腊的总统候选人。

我顿时明白了列娜-斯列娃在信里说的话。我们不希望艾琳娜·帕帕丹成为全世界吸血鬼的总统！这是肯定的！她的目光阴森森的，上嘴唇在那里抽动着，仿佛随时要用牙齿去咬旁边的人。

沿着货斗的边缘，立着好多高高的、敞开的柜子——看上去像是衣柜。每个柜子里都挂着类似睡袋的东西。艾琳娜走进柜子，轻巧地钻进了一个睡袋。她吊在里面的样子，就像是一只蚕蛹。

随后她关上柜门，接着我听到了钥匙在里面转动的声音。

接下来，那些吸血鬼一个接一个地做了同样的事情。最后，货斗里的吸血鬼全都不见了，只剩下一个柜子是空着的。我走了进去，把包放在地上，费了好大力气钻进了那个悬挂在柜子里的睡袋。

睡袋里面很温暖、很舒适。我伸出一只手,从里面关上柜门,拧动钥匙将门锁上,然后拉上了睡袋的拉链。

我吊在货斗的柜子里,感觉非常美妙。过了一会儿,我感到眼皮变得越来越沉……

第四章
来自冰岛的奈丽

一阵低沉的汽笛声把我吵醒了。

有那么一瞬间,我不知道自己在哪里。不过我马上想起来,我正在穿越波罗的海的船上,和我同行的是两卡车装得满满的吸血鬼。

轮船的马达把我所在的柜子震得摇摇晃晃,我还闻到了柴油的味道。我的表显示现在是夜里十一点半。

其他柜子里的吸血鬼们大概也醒了,我心里想。

疯狂的舞会

我从睡袋里爬了出来,打开柜门。没错!其他所有的柜门都打开了。可是好奇怪啊,我什么动静都没听到,也许是因为他们互相之间不说话的缘故?

我往装载汽车的甲板上看,发现周围空无一人。我立刻跳下货斗。驾驶室里,汉尼拔伯伯把头靠在方向盘上,正在睡觉。

他需要好好睡一觉,我想,明天开车送我们回去的时候,他得保持清醒的状态。

船舱移动门的后面,有一条窄窄的楼梯通往楼上,那里传来了舞曲的声音。我每迈上一个台阶,音乐声就变得更大一些。

我推开一扇门,往里面窥探。一场晚会正在热热闹闹地举行。

在那些盛装的人群中,我看见到处都有吸血

鬼的身影。身着黑衣的男人和女人正站在那里听音乐。

可我仍然没有看到他们互相之间有任何的交谈。

我就像一只黄鼠狼一样,迅速地潜入了舞厅。里面非常拥挤,气氛达到了高潮。舞池里,那些跳舞的舞伴都贴得很近。

瓦乐会喜欢这里的,我一边想,一边笑了起来。"来……一、二、三、四!"

这时我听到有人在背后说话。我小心地转过头去,看见一个穿着大格子外套的男人正站在那里跟艾琳娜说话。

他的外套口袋里别着一朵花,那朵枯萎的花在他胸前垂了下来。

"你们大家都好漂亮啊!"他说,

疯狂的舞会

"黑色的披风，妆也化得这么好玩儿。"

化妆？好玩儿？我心想，他是什么意思啊？

有那么一瞬，我看见艾琳娜·帕帕丹迟疑了一下。然后她说："我们在庆祝万圣节。"

"什么？现在就庆祝万圣节？"那男人说，"可这会儿还没到万圣节吧？"

"不，"艾琳娜回答道，"在爱沙尼亚现在就是万圣节！"

那个男人一副**若有所思**的样子，然后耸了耸肩。"能请你跳支舞吗？"他说。

"谢谢，可是我不跳舞。"艾琳娜干脆地答道。

那个男人失望地走开了。

我站了好长一会儿，看着那些跳舞的舞伴和舞池边所有的吸血鬼。很多吸血鬼用脚踩着拍子，打着响指，看起来非常想跳舞，但似乎又不敢下到舞池里去。

疯狂的舞会

这时我注意到另一件非常奇怪的事情：当我靠近了去看那些男吸血鬼的时候，发现他们很多人的面颊上、下巴上都贴着创可贴。

我想，我爸爸刮胡子的时候经常会这样，那是因为他太过匆忙，被刮胡刀划破了脸。

我继续观察这些吸血鬼。尽管舞厅里很暗，我还是发现那些女吸血鬼看起来很奇怪。

我突然明白那个跟艾琳娜说话的男人是什么意思了！

那些女吸血鬼都化着非常奇怪的妆！眉毛画得不一样高，口红涂歪了，嘴唇的旁边和下面涂得到处都是。我心想，她们化妆的技术就像是幼儿园的小孩，是因为手抖了吗？还是因为她们视力不好？

一个高大的男人向我走来。他脸上有很多皱

纹，太阳穴旁边的头发已经变白了。我立刻认出他正是来自哥得兰岛的吸血鬼拉乌夫·莫林，他正径直朝我走来！

他一定发现了我是伪装的！我迅速看了看四周，判断我有没有可能溜走。我发现旁边在两个吸血鬼的中间有一扇小门，便开始行动起来。

我回头观察的时候，看到拉乌夫已经追了过来。我心想，他已经600岁了，身手还那么敏捷！

我用肩膀撞开了门，甲板上的风立刻灌进了我的黑色长袍。长袍像船帆一样在身后飘扬，我拼命往前跑，可突然我跑不动了。

是拉乌夫！他追上我，抓住了我的吸血鬼长袍！他把我拽到身边，紧紧抓住我的领口猛地把我拎了起来。他久久地看着我，没有说话。随后他把我拎到了船舷外面！

疯狂的舞会

就这样,我被挂在了船身外面。在我身下十米的地方,就是黑黢黢的、冰冷的海水!

"晚上好啊,这位女士。"他向我打招呼。他的声音像下面的海水一样冰冷,一样阴森恐怖。

"呃,晚……晚上好……"我尖着嗓子回答道。

我偷偷地看了看身下翻滚的巨浪,惊恐地想,他马上就会松开手让我掉下去。

"我以前没见过您。"他接着说。

"是没有……我是新人。"我试图狡辩。

拉乌夫又一次久久地打量起我来,他的脸上也有一张创可贴,贴在面颊的上部。我明白我必须赶紧想个主意出来。

"我从冰岛来,"我说,"我是冰岛唯一的吸血鬼!"

"所以呢?"拉乌夫说。

"所以我以前从来没参加过总统大选,我不知道大家是这样进行选举的。现在你能把我放下去吗?"

拉乌夫扬起眉毛,我立刻发现我说错了!

"啊不!"我赶紧纠正,"不是把我放到海里去,我的意思当然是——把我放回到船上!"

让我大松一口气的是,拉乌夫按照我说的做了。

"从某种程度上说,你能来参与,这是一件好事。"当我回到船上后,他用那冰冷阴森的声音说道。

我期待着他继续说下去。

"因为卡丁巴不能来了。"

"卡丁巴?"我问。

"他来自肯尼亚,你不知道他?"

我摇了摇头。

"他的棺材——就是他从非洲一路乘坐的那具棺材,被海关截住了。"拉乌夫继续说。

我笑了起来,也许是列娜-斯列娃在背后捣鬼,好让我来参加这次吸血鬼大选。

"我很抱歉,"我说,"我也说了,我是个新人,从来没见过肯尼亚来的卡丁巴。我来这里是为了把票投给拉乌夫·莫林。"

拉乌夫的脸上浮现出满意的微笑。

"你也许不知道在哪儿可以找到他吧?"我继续说,"我非常希望能跟他握一握手,我是他的忠实粉丝。"

于是拉乌夫把他那巨大的手伸了过来。我握住它,感觉这个老吸血鬼有一双温暖、干燥的手。

"请允许我介绍一下我自己,"他说,"我是拉乌夫,来自哥得兰岛。"

"我是奈丽,"我说,"来自冰岛的奈丽。"

第五章
幽暗的地窖

在得到了拉乌夫的签名后,我和他回到了舞厅里。

我们继续看了一会儿跳舞,直到深夜,才跟其他吸血鬼一起返回卡车,重新回到了自己的柜子里。

又过了一会儿,我从轮船马达的声音听出我们靠岸了。爱沙尼亚到了,我心想,紧张刺激的冒险开始了!

我感觉到卡车发动了起来,带着我们驶离了

轮船。我在温暖舒适的睡袋里摇摇晃晃，又睡了过去。

我睡了好多好多个小时，直到有人来敲我的柜子门，我才醒过来。

"晚上好！该起床了。"

"我来了。"我嘀咕道。

我打开柜子门，发现我们置身于一个幽暗潮湿的地窖里。靠近天花板的地方有个窗户，一轮满月照了进来，又圆又亮。我心想，我真的已经调整成了吸血鬼的生物钟——白天睡觉，晚上清醒，就像蝙蝠一样。

我面前站着一长排吸血鬼，他们全都背对着我，正在一个很长的水槽边刷牙。我从包里拿出牙刷和牙膏，在两个女吸血鬼中间找到了一个位子。

我刷得十分小心，以防我的假牙飞出来。

"你迟到了！"我左边的女人厉声说。

"我可能睡过头了。"我答道。

"年轻人都这样！好了，快点儿吧，辩论马上就要开始了！"

"辩论？"我一边问，一边继续刷牙。

"拉乌夫和艾琳娜要发表演讲，"我旁边的这个女人往水槽里吐出一口牙膏沫，接着说，"之后我们将投票选举由谁来当总统。"

我想起了从怪怪特工学院得到的任务，我要阻止艾琳娜赢得大选。

"我认为拉乌夫是最好的……"我谨慎地说。

"不，我们要选艾琳娜，"我身边的女人坚定地说，"你知道，艾琳娜是一个很时尚的吸血鬼，她让我们感到身为吸血鬼是一件很自豪的事情。"

疯狂的舞会

接着她压低声音说:"她答应我们,如果选她的话,就会给我们一个小小的假期去维也纳玩。"

"为什么去维也纳?"我问。

我身旁的女人顿了顿,说:"其中一个原因是我们可以去看他们跳华尔兹舞——维也纳华尔兹……"

我身边的这个吸血鬼说了很多她想去维也纳的原因,她接着说:"当然,那里还有著名的童声合唱团。……"

她擦干下巴上的泡沫,然后所有吸血鬼齐刷刷地在水槽边缘上甩了甩牙刷。有几个吸血鬼去上厕所,随后我们离开了地窖。

第六章
这下就看你的了

在楼上的宴会厅里,我们受到了城堡主人的接见。他跟我们每一个人握手,介绍自己是冯·列夫弗莱舍伯爵。这是一个高大英俊的男人,一头黑发往后梳得整整齐齐,留着很长的鬓角。

接着冯·列夫弗莱舍伯爵朝楼梯上走了几步,站在宽阔的台阶上。大厅被成百上千支蜡烛照亮。

大厅一侧的墙上挂着一面巨大的镜子,镜子前面放着一架黑色的三角钢琴。我想起了塔蒂亚娜舞蹈学校的拉尔松。他肯定会喜欢在这么棒的

疯狂的舞会

乐器上演奏的。

那347个吸血鬼在各自的位子上坐好,彼此之间没有说一句话。

突然,一个女吸血鬼的身体晃了一下,我看见她的鞋跟掉了。当她一瘸一拐地穿过大厅时,其他吸血鬼只是看着她,没有人说什么,也没有人走过去帮助她。

我在拉乌夫边上找了个空座。他友好地朝我笑笑,尖利的虎牙在烛光中闪闪发亮。但他看起来有点儿紧张。

冯·列夫弗莱舍伯爵清了清嗓子,说:"欢迎各位光临!大家都知道,今晚我们聚集在这里是为了选出一位新的总统。"

此刻,整个大厅里聚满了吸血鬼,大家围着城堡主人坐成了一个扇形,仍然没有人交谈。

城堡主人冯·列夫弗莱舍把手背在身后,我猜测他在背后藏了什么东西。

我转过头去,试图通过镜子看他究竟藏了什么。这时我吃惊极了!我在镜子里看到了房间里的家具,还有好多蜡烛,唯独没有看到一个吸血鬼。我唯一能看到的人是我自己!

不过随即我就想起了这是怎么回事。吸血鬼在镜子里是照不出影子的!

"我只是想提醒大家本次选举的规则,"那位伯爵继续说,"等拉乌夫和艾琳娜演讲完,我们就进行投票。现在你们将得到两张选票,黑色的代表艾琳娜,白色的代表拉乌夫。"

接着他将一沓黑色和白色的纸片传给大家。

"现在我们请艾琳娜·帕帕丹上来。"

大厅里响起了欢呼声。当城堡主人走过来坐下的时候,我看见了他背后藏着的东西。那是一张纸。

肯定是张小抄,我心想,他一定是害怕忘词。

艾琳娜站到了刚才伯爵站的位置上。她双手握在一起举过头向大家作揖,吸血鬼们的欢呼声更响了。

她的口红几乎涂到了鼻子上。她需要一个像我那样的化妆盒，一个盖子上带镜子的化妆盒。我一边想，一边笑了起来。

对，是这样！原来如此！

这会儿我终于明白她们的妆为什么会化得这么奇怪了。

"来自世界各地的吸血鬼们，"艾琳娜开始演讲了，吸血鬼们安静下来，"在数百年的时间里，我们生活在阴暗之中。但是现在我们受够了！这一刻我们已经等了很久！如果你们选我的话，我会带领你们获得权力和荣光，人类将**前所未有**地敬畏我们吸血鬼。"

大厅里再次爆发出欢呼声，我看见绝大多数吸血鬼的手里都捏着那张黑色的纸片，他们肯定会把票投给艾琳娜。

疯狂的舞会

这个来自希腊的女吸血鬼继续讲了好长一会儿,讲如果她成为总统的话,一切会变成什么样子。在演讲的最后,她说道:"想象一下,可以去维也纳来一次小型度假,这一定非常美妙!不是吗?"

艾琳娜面带微笑地走下楼梯,在回自己座位的路上,她跟很多吸血鬼握手。我周围的很多吸血鬼都舔着嘴唇,艾琳娜似乎胜券在握了。

这时拉乌夫从我身旁的座位上站了起来,走到台阶上。

这下就看你的了!我在心里默默地想。

第七章
一个疯狂的主意

"呃……"拉乌夫低头看了看自己的脚,小声嘀咕道。

啊不,这可不行,我心想,拉乌夫实在太紧张了!

我竖起大拇指,鼓励拉乌夫开始他的竞选演讲。

"在哥得兰岛上有一句谚语,"他开始讲了,此刻吸血鬼们十分安静,**聚精会神**地听他说,"那句谚语说,兔子就该待在自己的洞里。"

台下的吸血鬼们不解地左看看右看看。

艾琳娜响亮地哼了一声。

"我认为我们吸血鬼应该尽可能地少露面，"拉

乌夫解释道,"这是为了我们自己好,比如说……"

他可真不擅长演讲啊,我心想,但我非常明白为什么怪怪特工学院会特别中意他,因为如果拉乌夫当选总统,那么在未来的七年时间里,吸血鬼们就不会出来**兴风作浪**。

"回你的哥得兰岛去吧!"艾琳娜突然喊道,"在那里你可以跟你心爱的兔子们一起跳来跳去。"

在场的吸血鬼们**哄堂大笑**。唯独拉乌夫没有笑,他看起来非常尴尬。

他几次试图再说些什么,可是只要他一开口,艾琳娜就会说一些玩笑话引得全场大笑,一次又一次地打断他的演讲。

我在学校里经历过这种场面。总有这样爱欺负人的家伙,把自己的快乐建立在别人的痛苦之上。想到这里,我感觉有一团怒火在心里燃烧。

疯狂的舞会

拉乌夫走下台阶,坐回到我身旁。他整个身体都瘫软在椅子上。冯·列夫弗莱舍伯爵再次站了起来。

"投票之前,还有什么人想说话吗?"他大声说道。

大厅里又安静了下来。我放眼望去,所有的吸血鬼都在摇头,并且拿出了那张黑色的选票。

必须得做点儿什么了,我绝望地想,要不这下可是**全军覆没**啊!艾琳娜想要吸血鬼们站出来争夺权力,而拉乌夫则希望他们尽可能地少露面。假如艾琳娜赢得了大选,那必将带来一场灾难!

可是等等……拉乌夫希望大家尽可能地少露面,或者完全不现身……一个疯狂的主意钻进了我的脑袋。

不管怎样,我决定试一试!

现在艾琳娜该吞下自己种的苦果了!

"我想说几句。"我站了起来。

拉乌夫和其他吸血鬼吃惊地看着我。

"你还记得我是你的铁杆粉丝吧?"我小声说。

拉乌夫点点头。

"你得保证按我说的去做,"我继续说,"这样的话我也许能让你当上总统。"

拉乌夫再次点点头。我走上楼梯,站在台阶上。面对所有的吸血鬼,我感到非常平静。

"艾琳娜是对的。"我说。

"什么?"拉乌夫说。

大厅里再次爆发出欢呼声,拉乌夫更加吃惊地看着我。我迅速地朝他眨眨眼睛,继续说:"艾琳娜说你们……呃……我是说我们,必须争取更

疯狂的舞会

多利益,并且要敢于亮出我们自己。"

有吸血鬼开始拍手,很快其他吸血鬼也跟着拍起了手,掌声**经久不息**。

"艾琳娜!艾琳娜!艾琳娜!"所有的吸血鬼都在不停地高呼。

"可是……"我双手举到空中,让大厅重新安静下来,然后微笑着大声说,"我能请艾琳娜·帕帕丹上来吗?"

艾琳娜站了起来,走过来站到我的身旁。她眯着眼睛,**心满意足**地望着大厅里所有的吸血鬼。

"如果你们……呃……我是说我们,想要站到**光天化日**之下的话,那我们就不该是现在这个样子!"

我指了指艾琳娜的脸,她脸上满意的表情立刻消失了。

"你这个该死的家伙,你什么意思啊?"她厉声对我说道。

"你们看看她!"我继续说,完全不理会她的愤怒。

疯狂的舞会

大厅里的吸血鬼们先是不解地看看我,然后又看看艾琳娜·帕帕丹。

"你们没看到她的样子吗?"我问道,并假装笑了起来。

我回想着我遇到过的那些爱欺负人的家伙,努力学他们又粗鲁又邪恶地大笑。

艾琳娜发出了一声闷闷的咆哮,我知道自己在玩一个高度危险的游戏。

"看看你这瘦弱可怜的身体,我会把你最后一滴血都吸干的!"她**咬牙切齿**地说出这样一句话。

但我没有被她吓倒,而是继续往下说。

"这里是嘴。"我指着艾琳娜的嘴唇说。

"在这张嘴里有两颗锋利无比的虎牙,你给我小心点儿!"艾琳娜愤怒地说。

"而口红却涂在了这里,"我指着艾琳娜鼻子

下面的位置继续说,"莫非艾琳娜·帕帕丹以为这是叫鼻红吗?"我笑得拍打起自己的膝盖来。

下面有吸血鬼发出了咯咯咯的笑声,很快另外一些吸血鬼也笑了出来,最后所有吸血鬼都大声地嘲笑起艾琳娜。

我偷偷地观察他们,看见好多吸血鬼都用手遮住了自己涂过口红的嘴唇。

他们跟艾琳娜一样都化着特别失败的妆,这一点我是知道的,但他们还是会嘲笑她,以避免自己成为笑柄。

"我要让你尝尝我的厉害!"艾琳娜愤怒地说,并且扑过来抓我。

第八章
没有吸血鬼能在镜子里照出自己的影子

我躲闪到一旁,艾琳娜没有抓到我,就差了一厘米。

她用牙齿咬到了我的披风,披风上被扯开了两道口子。

这位来自希腊的吸血鬼咆哮着,准备发动新的袭击。可这时她在台阶上踩空了,失去了平衡。

她号叫着摔下了楼梯。

在楼梯的最下面,她的脑袋撞到了地板上,

然后她躺在那里，一动不动了。

哎哟，我心想，这下撞得好厉害，她不会死了吧？

我有点儿担心起来，可是其他的吸血鬼似乎却不像我这么在意，相反他们全都笑了起来。

这时艾琳娜·帕帕丹手脚并用地站了起来，她用绝望的眼神看着四周。

吸血鬼们笑得更厉害了，连眼泪都笑了出来，泪水顺着他们白色的脸颊往下流。

最后笑声变得越来越响，大家全都笑得捂住

了肚子。

我走下台阶，扶艾琳娜起来。我想，此时此刻我必须说服他们。

"如果你们把票投给拉乌夫……"我一边说，一边拿出了手绢。我帮艾琳娜擦掉了口红，大厅里稍稍安静了一点儿。

艾琳娜似乎仍然有点儿晕，任由我在一旁搀扶着她。

"……那样的话，你们就等于选择了一个互相帮助的世界。我演示给你们看。"我继续说。

我伸出一只手，说："借支口红，谢谢！"

很快就有吸血鬼把一支口红放到了我的手里。

我为艾琳娜涂上口红，涂得很认真，保证口红不会涂到嘴唇外面。

"哇，真漂亮！"坐在第一排的一位男士说。

"嗯，只要你们互相帮助，每个人都可以这么漂亮。"

我看见好多吸血鬼拿出了那张白色的选票。受到鼓励，我继续往下说，还尽可能地添加了一些夸张的元素："你也许曾躺在自家的棺材里哭泣，你也许以为只有你在镜子中照不出影子？"

哎哟，我的话听起来就像电视里糟糕的广告

片，我这样想着。不过这时我听到有吸血鬼开始啜泣，于是我继续往下说："可是你要知道，所有的吸血鬼都是这样的。没有吸血鬼能在镜子里照出自己的影子。"

"可是拉乌夫也无法把我们的影子还给我们吧？"一位女士说。

"是的，他是不能，"我回答道，"对吧，拉乌夫？"

拉乌夫点点头。

"可是他能够让你们彼此信任，"我继续说，"能够让你们互相合作。你们刚才不是看到了吗，我帮助艾琳娜涂口红，她就变得这么漂亮。"

我把艾琳娜·帕帕丹扶到拉乌夫面前。

"全世界所有的吸血鬼，"我高声说道，"请你们站起来，两两一组！"

疯狂的舞会

三百多个吸血鬼同时站了起来,椅子与地面发出巨大的刮擦声。

拉乌夫站在艾琳娜身旁。过了一会儿,所有吸血鬼都找到了搭档。

"现在请你们其中一位背对着另一位。"

我让艾琳娜背对拉乌夫站立,向大家示范。吸血鬼们照着我说的做了。

"然后请你们往后倒下去。别担心!你身后的朋友会接住你的。请你们体会一下互相信任的感觉。现在开始吧!"

可是一开始,大厅里没有任何动静。这下可真是麻烦了,吸血鬼们都不信任对方。我心想,也许需要来点儿计谋才能让他们这样做?

我飞快地用脚抵住艾琳娜·帕帕丹的脚后跟,然后轻轻地把她往后一推。艾琳娜的身体失去了

怪怪特工队

平衡，直接倒在拉乌夫·莫林打开的臂膀里。

"没事的，亲爱的，"拉乌夫友好地说，"我会接住你的。往后倒，你只管往后倒下来！请相信我。"

其他的吸血鬼看到了这一幕，也开始朝同伴

的臂膀里倒去。一开始很小心，不过后来胆子就越来越大了。

最后整个宴会厅变成了一片欢腾的海洋。吸血鬼们开心地尖叫着向后面倒去，再被身后的同伴接住。

过了好久，冯·列夫弗莱舍伯爵拍了拍手。"请大家回到座位上，"他大声说，"现在我们得投票了。"

吸血鬼们安静了下来，重新坐回到椅子上。这一回，我看到所有吸血鬼都把白色的选票准备在手里。

冯·列夫弗莱舍伯爵站到台阶上，庄重地大声宣布："所有把票投给来自哥得兰岛的拉乌夫的人，请举起白色选票！"

我**心满意足**地想，很快拉乌夫就将成为全世

界所有吸血鬼的总统,届时我从怪怪特工学院得到的任务就将完成。

可这时,我突然听到有吸血鬼大喊:"等一下!"

第九章
假牙飞了出去

是一个男吸血鬼在喊。他的头上戴了一顶很漂亮的针织帽子。我在想，他会说什么呢……

"你们忘记了一件重要的事情！"

"去维也纳的旅行，"我朝拉乌夫叹了口气，"我们把这个给忘了。"

拉乌夫不解地看着我。

"艾琳娜向所有选她的人承诺，给大家一个去维也纳的小型假期。"我小声地解释说。

"如果你们选了拉乌夫，那你们就去不成维

也纳了,"这个男吸血鬼说,"就看不到童声合唱团,也看不到维也纳华尔兹了。所以请你们好好想想!"

我再一次看到那些黑色的选票冒了出来。

冯·列夫弗莱舍伯爵清了清喉咙,提高了嗓音说:"我能请所有选来自哥得兰岛的拉乌夫的人把你们的白色选票举起来吗?"

我望了一下大厅,有两个人选了拉乌夫,一个当然是我,而另一个是拉乌夫自己……

"接下来,所有选……"冯·列夫弗莱舍伯爵正打算继续说下去。

我大喊一声:"等一下!"

吸血鬼们看着我,我着急地想着我该怎么说。

"你们真是疯了。"我甩出这样一句话,好为自己赢得几秒钟的思考时间。

疯狂的舞会

"疯了？"艾琳娜问，此刻她又恢复了原来的样子。

"是的，"我说，我感到心里的恐慌在加剧，"你们疯了，你们……你们……"

这时我看到了墙边的三角钢琴，我想到了一个主意！

"是的，你们疯了，要去维也纳看别人跳舞。"

"可这很有趣啊。"戴针织帽子的那个男人说。

"那不如自己跳舞来得有趣！"我说。

"自己跳舞？呵！"艾琳娜突然尖叫了起来。

她瞪着其他的吸血鬼说："这里有人喜欢跳舞吗？"

吸血鬼们嘟嘟囔囔地给出了否定的回答，他们摇着头，垂下眼睛看着地板。然而我看得出他们在说谎。

怪怪特工队

我记得在穿越波罗的海的船上,他们看起来是那么渴望跳舞,手上打着响指,用脚踩拍子。可是现在却没有吸血鬼愿意承认自己喜欢跳舞。我做了一个深呼吸,此刻我比以往任何时候都需要用到怪怪特工的三个要诀:镇静、知识和技巧。

镇静:我只有几秒钟的时间了,否则一切都将太晚。吸血鬼们已经准备好要投出他们的选票了,这一回他们将把票投给带他们去维也纳的人。必须保持冷静,奈丽。我默默地在心里想。

知识:我知道吸血鬼都是独行侠,尽管如此,他们也很向往跳舞。

技巧:可我必须知道他们为什么不肯跳舞,这一点是最重要的。

拉乌夫给了我答案,他在我耳边小声说:"从来没有一个吸血鬼能够和别人完整地跳完一支舞,呃,这一点你应该知道的,你自己就是吸血鬼啊!"

"我们年轻的吸血鬼通常都独自跳舞,"我骗他说,"比如街舞啊,嘻哈之类的舞蹈。"

我看出拉乌夫从来没有听说过这些舞蹈。

"我们这些中年的吸血鬼最喜欢探戈和华尔兹。不过,我说了,没有一个吸血鬼能够成功地跳完一整支舞蹈。"他继续向我解释道。

"这是为什么呢?"我小声问他。

"每回当我们试图……"拉乌夫回答说,"呃……我们都会用牙齿去咬我们的搭档。当我们看到那白色的脖子就近在眼前的时候,这种诱惑实在是太大了……"

"啊哈。"我一边说,一边笑了出来。因为现在我知道拉乌夫该如何赢得这次大选了!

"在场的有谁会弹钢琴?"我问。

"让我来吧。"冯·列夫弗莱舍伯爵鞠了个躬,说道。

他走过去,坐在了那架巨大的钢琴前面。

"我是钢琴演奏家,"他一边解释,一边打开了琴键的盖子,"你想听什么?"

"来支探戈舞曲,"我说,"不过请稍等。"

我冲着全场其他的吸血鬼大声说:"请你们再次两两站起来,你们已经取得了彼此的信任不是吗?现在你们终于可以一起跳舞了!"

吸血鬼们全都兴奋地点点头。

在场的所有吸血鬼全都满心期待地站了起来,面对彼此的搭档。只有艾琳娜一个人站在那里,

双手交叉放在胸前直瞪着我。

我冲冯·列夫弗莱舍伯爵点点头,他按下了第一组琴键。

我打起了节拍:"来……一、二、三、四!"

就这样,他们全都跳了起来,而且跳得棒极了。

这些身穿黑衣的吸血鬼仿佛就是为优雅的舞步和完美的节奏感而生的。

我学着舞蹈学校里塔蒂亚娜的样子挥动手臂,指挥道:"想象你们来到了温暖的国度,身处晴朗的星空下。来……一、二、三、四!"

伯爵全情投入地在那里演奏。

吸血鬼们继续跳着,但我清楚地知道,危险的时刻也即将来临。我看到他们的目光几乎无法从对方那光滑、雪白的脖子上移开了。

这时,所有吸血鬼齐刷刷地露出了他们的虎牙!仿佛是收到某种指令一般,他们全都用牙齿咬住了对方。

他们吸了好长一会儿,舞蹈自然中断了。然后他们吸完了血,满脸吃惊地看着对方。

关键的时刻到了!我心想。他们是依然站在那里,还是会倒成一团?现在他们既被别人吸了血,也吸了别人的血。

冯·列夫弗莱舍伯爵一直在他那架钢琴前弹奏着美妙的探戈舞曲,音乐没有停下来。我屏住了呼吸。

吸血鬼们仍然互相看着对方,但是他们中间没有人摔倒在地上!因为他们吸了血,同时也放了血,似乎达到了平衡!

"来……一、二、三、四,保持节奏!"我大

喊道,"注意听音乐!"

让我备感高兴的是,所有的舞伴们全都重新跳了起来,我知道我成功了!

吸血鬼们又跳了五支曲子,然后**筋疲力尽**地坐回到自己的椅子上。

我站到台阶上,大声说:"现在拉乌夫向你们承诺,他每年会为地球上所有的吸血鬼安排一场舞会。是吧,拉乌夫?"

这位从哥得兰岛来的拉乌夫微笑着冲大家点了点头。

冯·列夫弗莱舍伯爵离开了钢琴,转身朝向吸血鬼们。"现在我们继续选举,"他说,"之前拉乌夫获得了两票。那么希望艾琳娜成为总统的人请把你们的黑色选票举起来!"

只有一张黑色的选票被举了起来!这自然是

艾琳娜自己投的。

"我认为,拉乌夫以2∶1的优势当选吸血鬼的总统!"伯爵宣布道。

除了艾琳娜,所有吸血鬼都欢呼起来。拉乌夫冲上了楼梯,他太高兴了!

"感谢来自冰岛的奈丽!"他一边说着,一边在我背上重重地捶了一下。

他捶得太重了,我的假牙飞了出去……

第十章
我根本无能为力

我被关在了城堡最高的塔楼上,被链条锁在墙边。

我充满渴求地透过高高的窗户往外看,外面太阳正在升起。这也许是我人生中看到的最后一次日出了,我悲伤地想。

鸟儿们在第一缕晨光中叽叽喳喳地叫,可是这却让我更加悲伤。我叹了口气,回想着我是怎样走到这一步的。

虽然我成功地完成了任务,来自哥得兰岛的

拉乌夫当选了总统。可是,当347个吸血鬼冲过来咬我的时候,他又能做什么呢?

拉乌夫试图把我藏在他背后来保护我。"我以总统的名义请你们停下来!"他大声说,"来自冰岛的奈丽是我的朋友!"

可是吸血鬼们全都疯了，他们争先恐后地想要抓住我。

这时拉乌夫想出了一个非常聪明的办法。他指着宴会厅的一扇窗户大喊道："看！你们有没有看到黎明的曙光？"

吸血鬼们受不了阳光，大厅里一下子安静了下来。

拉乌夫继续说："如果你们想要吸来自冰岛的奈丽的血，那你们必须抓紧时间，因为太阳马上就将升起。"

吸血鬼们惊恐地看着他。其中有一个跑向了那扇通往地窖的门，很快其他吸血鬼也纷纷朝那里跑去。

几乎所有的吸血鬼都……

只有两个吸血鬼留在了拉乌夫和我的身边。

疯狂的舞会

来自希腊的艾琳娜用她那乌黑的眼睛瞪着我们,她身后则站着城堡的主人冯·列夫弗莱舍伯爵,他迷惑地看了看自己的表。

"可是……太阳要半个小时之后才会升起来呀。"他说。

艾琳娜·帕帕丹和拉乌夫都没有理会他。

"到了今天晚上,"艾琳娜咬牙切齿地说,"太阳一落山,奸细就要受到责罚。"

"那是当然,"拉乌夫说,"没有人能够混进我们吸血鬼的世界。"

艾琳娜看起来并不信任这位新选出来的总统,因此她跟拉乌夫和冯·列夫弗莱舍伯爵一起确认我被关进了城堡里最高的塔楼,并被牢牢地锁在了墙边。

随后他们飞快地跑下楼梯,躲避早晨的第一

缕阳光。

所以现在我就坐在了这里。

当只剩下我一个人的时候,我当然第一时间尝试着去挣脱锁链。

开有窗户的那面墙上有一个钩子,我把链条缠在钩子上,试图把铁链拧断。可是这么做唯一的结果就是把我的手腕弄疼。

我看了看四周,寻找撬锁的东西,可是却没找到能够利用的工具。

我无力地坐在那里,背靠墙壁,使劲儿想办法。可无论我怎样**绞尽脑汁**,也想不出任何主意。

慢慢地,我明白了自己的处境:我根本**无能为力**!我心想,作为怪怪特工,之前还从未在外面遇到过如此糟糕的境况。

在我的面前放着一杯水,还有一块面包。不

管怎样，总还是有吃的东西！时间一点一滴地过去，太阳渐渐升到了空中。

我嚼了一点儿面包，喝掉了杯子里的水。我一定是太累了，所以很快就睡着了，而且睡了很久，睡得很沉。突然门外响起了一个很轻的声音，把我吵醒了。

我转过头去，心想，我的死期到了。现在我将被带到楼下去，那些吸血鬼都等着把我的血全部吸干，一滴不剩。

塔楼的门并没有被打开，我看见有什么东西扭动着爬了进来。蛇！我惊恐地想。

我站了起来，紧紧地贴住墙边。

第十一章
离地面还有六七米的距离!

当我凑近去看这个爬向我的弯弯曲曲的东西时,我意识到自己真是太蠢了。这当然不是蛇,而是从门缝下塞进来的一根绳子。绳子的最前端系着一个塑料袋。

我解开袋子,在里面找到了一把钥匙和一张叠起来的纸。我把纸展开,上面是一则留言:

亲爱的来自冰岛的奈丽：

　　这把钥匙是开链条锁的，请用这根绳子从塔楼里逃出去。

　　赶紧逃！太阳很快就将下山，到那时我就没法再为你做什么了！

你的朋友：拉乌夫总统

　　我充满感激地想到了我的救星——拉乌夫。他一定是把自己从头到脚遮起来才能让阳光不照到身上，我知道他是冒着生命危险来救我的，因为哪怕一点点阳光对他来说都是致命的。

　　我朝窗口望去，看见太阳慢慢西沉。

　　我迅速拿起钥匙，解开墙边的链条让自己重获自由，然后朝窗口跑去。

　　我探出头往下看去，这儿离地面可真是高得

怪怪特工队

吓人！可我还有别的选择吗？

我用绳子的一端系住墙上的钩子，然后把绳子放下去。我用力拽了几下，确认它系紧了，然后爬出窗子，尽量不让自己往下看。

当我爬过楼下的窗户时，看见好多吸血鬼正在往楼上跑。我知道，用不了几秒钟他们就会发现我逃跑了。

我鼓足勇气，用最快的速度往下滑。突然，绳子放完了！

我往下看去，发现绳子太短了！现在离地面还有六七米的距离！

我该怎么办？我不敢跳。如果一松手，我的胳膊和腿都会摔断。

这时我听到头顶上传来一声怒吼！我向上看去，正瞧见从窗口里探出来的艾琳娜·帕帕丹的

脑袋。她对着我骂骂咧咧,并且露出了她那锋利的牙齿。

这时我做了一个决定,我要跳下去!把两条腿摔断总比被吸干血要好。我闭上眼睛,做了一个深呼吸……

"嘀嘀嘀嘀嘀嘀!"

突然我听到有人在按喇叭。我朝四周张望了一下,看见一辆卡车正全速向我驶来。司机从车窗里探出头来,大声喊:"奈丽,坚持住!我来了!"

"汉尼拔伯伯!快一点儿!"

汉尼拔伯伯操控着卡车,让驾驶室正好停在我的那根绳子下面。可是我与卡车车顶仍然有好几米的距离。我不敢跳下去。

汉尼拔伯伯走出驾驶室,爬到了车顶上。他站在那里,朝我张开双臂,喊道:"松手,奈丽!

疯狂的舞会

我会接住你的。"

我紧紧地拉着绳子。

"我不敢跳。"我尖着嗓子说。

"你必须跳!快一点儿!"

"不,我不……"

还没等我说完,绳子突然就松了,我掉了下去。我知道肯定是艾琳娜在上面解开了绳子。

我从半空中掉下去,直直地落在了汉尼拔伯伯强壮的臂弯里!他把我抱在胸前,看着我说:"你没事吧?"

我点点头,说:"没事,但我们必须赶紧离开这里。"

汉尼拔伯伯和我飞快地爬进驾驶室。他挂上挡,将油门一脚踩到底。

卡车嗖的一下就飞奔起来。在城堡的拐角处,

怪怪特工队

我们差点儿撞上一大群紧追而来的吸血鬼。

他们愤怒地大喊大叫,在后面拍打我们的车子。

我回头望去,看见拉乌夫正站在城堡亮着烛光的大门口。就在我们的车即将消失在一小片树林背后的那一刻,我仿佛看见他举起了手向我们挥手告别。

汉尼拔伯伯开了好长时间,一路上我们都没有说话。当我们开上那艘回家的船时,我们在黑暗中在驾驶室里坐了好一会儿。

我开始跟他讲我所经历的一切,汉尼拔伯伯时而大笑,时而对他听到的内容表示惊骇。

最后当汉尼拔伯伯得知我成功地让爱好和平的拉乌夫当选了总统,他说:"这可真不赖,我们必须得庆祝一下!我想请怪怪特工10号成员喝杯汽水、吃点儿东西,你觉得可以吗?"

疯狂的舞会

"好啊,谢谢。"我回答道。

我们爬出驾驶室,跳上了甲板。

"吃完东西之后,你知道我想做什么吗?"我问。

"不知道啊。"汉尼拔伯伯笑着说。

"我想跳探戈,能请你共舞吗?"

"当然可以!"汉尼拔伯伯说。

我挽住他的胳膊,一起穿过停放汽车的甲板。我在嘴里数着:"来……一、二、三、四!一、二、三、四!"